LE CARTOGEMENA DE FIX

andré junqueira caetano

LE CARTOGEMENA DE FIX

andré junqueira caetano

EDITORAS ASSOCIADAS

A Afrânio Caetano (in memoriam)
Orlando Bianchini (in memoriam)
Ana Cristina Camargos (in memoriam)

COMPASSO

TIQUE-TAQUE

Barulho –
uma poesia
decodificava
o nexo do tempo
E o tempo – desconexo –
às vezes solfejava
às vezes gralhava

Poesia –
um murmúrio
o influxo do tempo
informava
E o tempo – no afluxo –
às vezes gotejava
às vezes jorrava

Entre a lacuna e a praia o tempo brincava
Brincadeira com começo meio e trava

NHENHENHEN'ENG

a empreita lusitana fomentou venturas e comércios
em este tão nosso e mui amado chão
derrubou-se pau
exportou-se pau
derrubou-se gente
importou-se gente

mas daqui
antes
muito antes
a grande nação tupi
já identificara
ainda lá do outro lado do mar
um povo inteiro navegando na direção errada
comandados todos por um tal de
Diogo Cão

peró ygar-usu cacos de vidro brejos da cruz

EMBRULHO

entrou na vida ao entardecer

o sol se punha punho roxo no seu queixo
papel celofane carmim
com o qual o bom Deus bondosamente embalava

a primariedade de seu ser

SANTA CRUZ

A varanda oblonga de redes brancas
encarava de lado poente e nascente
        Olhando bem à frente
        mirava bovinas pelancas

No pomar – país dos patos –
Seu Pedro catava lenhas
e o resultado de galinhas prenhas
em os dois lados do regato

Madrugad'ainda lombo de cavalo
groselha no armazém do Marimbá
primos p'ra cantar de galo
baú das formas de tudo que há

CONFEDERAÇÃO

um guerreiro ébrio incendiava crianças velhas no quadrilátero ferrífero
tomado punhos ao ar pragmentava contra a horda de fiéis
gargalhava

meus tamoios se preparavam para a batalha
...
...

na minha cabeça
silêncio de rádio
cigarro no toco

CONFISSÃO

a menina olhou para mim e disse: ‘moldura é para emolduráveis figuras’
é

‘ouça-me’, ela continuou,
‘a mim a morte vai muito bem e ninguém sabe

mas antes devo me perder no mar
com meus livros sobre as gentes antigas...’

bicho novo
toma tempo graduar as atitudes conforme a sonoplastia do vento

CIDADELA ITALIANA

como cidade italiana
no meu dentro do estômago
15 vodkas perdi o soma
psichê riu pra caramba
como cidade italiana.
sozinho pelos molhes de veneza
heineken o teutônico deus da merda
sobrevoou a piazza de são marco.
choveu de novo. novamente chove.
psichê já em frangalhos perdeu a paciência
e disse: um homem da sua idade
deveria estar estudando semiótica
(mas mi mente 'tava tão vazia).
três dias choveu três dias dormi
três dias não fumei cabisbaixo
e restou ficar ser só isso mesmo
no meu eu que é estômago sensitivo
ébrio
escondido
desavergonhado
em minas gerais todo feto
já nessas idades produtivas
todo feto velho que viveu o bastante
e tomou trinta heinekens nas venezas
e perguntou a Deus e perguntou a Deus
qualé a graça da saciedade

para o tal Deus
responder calado
silêncio
silêncio
silêncio
como o rumor desta chuva
como psichê enfastiada daquele corpo
naquela cidadela italiana

EZRA POUND PRESO EM PISA

Espero você não importe
se eu acender cachimbo
Espero você não importe
se eu contar nada que fui
Tanta bruma pouca brisa
Tanta bomba pouca guerra
Tanta aula

        Ir

        Perdão
        não há olhar atrás

Pois ali
        onde donzelas hão de espalhar pétalas de rosa e os rapazes
        mirto
beberam todos do mesmo vinho
        mortais

FIQUE

A Mulher
mandou que eu me aproximasse
e lhe beijasse as órbitas
e ouvisse o mar
em sua concha coreácea
Depois ordenou
que eu deslizasse minha língua
por todo o seu costado
Exigiu então
que eu me abrigasse
entre suas ancas
e de lá só saísse
após rezar com fervor
em louvor à comunhão da carne
Durante a oração
a Mulher
                    Deusa da teoria dos ciclos
clamou coisas incompreensíveis
mas ao fim apenas disse
'fique'

EXERCÍCIO DE GEOGRAFIA

Em
    fjords claros
    cloro
    ma
    non troppo
    no
    ylimani
    vera
    cruz

Em
    fjords claros
    rochas
    velhas
    vilas
    vírgulas
    e uma
    e vinte-
    cinco

E lá
    em
    ludwigshaffen
    a
    basf
    sob um céu são
    azul

QUEBRA-CABEÇA

Quem tiver quebra-cabeça de tempo
e não puder colá-lo geográfico
ou gravá-lo música
ou mesmo sexo oposto em ombro

Quem tiver quebra-cabeça de panoramas
onde muge a nostalgia
e não puder ordenhá-la
ou mesmo mandá-la para o abate

Quem tiver quebra-cabeça de olhares
onde o conhecimento é free on board
e não puder construir belvederes
mesmo que para paus e bandeiras

Quem tiver quebra-cabeça de crueldades
e não puder suspirar ó Canadá
nem espirrar ó salvação
ó feijoada ó civilização

Quem tiver quebra-cabeça de lugar
e não reconhecer seu lixo na rua
sua imensidão de muros
e o não da lisura

Quem tiver que tenha
Quem tiver que tenha
E quem não tiver nem gota de escombro
Que atire a primeira peça

JEZEBEL

I

Jezebel!
Jezebel!
Meu amuleto de não lembrar
lembro-me de tudo agora!:

Campos vagos horóscopos admoestações
comundoído sem heroísmos nem covardias
sujeira de construção
olhares largos sobre o pior desembutido

As madrugadas sem manhãs
a confusão despirocada da esbórnia
a mulher do filme de ontem
de nunca ter te visto

II

Por Jezebel forjei forjas teci fazendas
fui séculos passados
Contra ela dominei tecnoterminologias
fiz wares bem softs fiz suco de goiaba

Agora vou ao espelho espantar
a cara branca e torta que me transporta
e anguloso
observo as cavernas dos olhos e a geometria de suas traves

Adentro batalhas ancestrais
Mas em qualquer século que seja
a verdade furibunda
suspira suspensa e imperial

gargalha para o cabide de teorias
ri do delírio de se recostar cândido
em cadeira de balanço
sorve inelástica a catacumba e o martelo

III
Jezebel este equivocamento terminal
tu não estudas [eu sei]
o almocreve delirante
nem as ilusões do discurso tangencial

Tu só olhas de longe sem compadecimentos ou bem-feitos
meu braço esticado em direção ao fogo do teu sal
a cabeleira suja
a malária

Será que tu não vês o que amo em ti hoje em meus tant'anos?
É o teu nada surrupiando o que tenho de mais humano
estampando em meu peito o autodidatismo do suicida
e removendo patéticas alegorias de carnaval

Te amo ser saída do shopping center do ridículo
ser ruiva-meta-blondie nas passarelas de milano
desfilando meu paradoxo de amador
de sempre ter se sonhado despertador

IV

Pois lembro-me de quase tudo agora
Quando Jezebel desfila
martela ela pregos nas inteligências
e enferruja as testas franzidas de sério

Depois – despidas suas curvas dos atavios –
defeca mija expectora
alivia nos meninos a miopia
e espeta na ponta do espeto a beleza dos homens feios

LE CARTOGEMENA DE FIX

I

Le Cartogemena de Fix
sê non más que an sede:
la gloar und die son
in der cel;
nivér cloacás in cruzis
o la confidernacion
in craun on beçás.
Que si oci non más in mãs
sê le ser on pennitê
o le boyar am see
de ni confidernacion
que de sample sê la vã,
que da mér sê de lá,
que dan par nie me vá.

Le Cartogemena de Fix
sê non más que antar.
Si us agrandar
an ás dozer cabe
piu mé que die sun
colmedar pode.
In der codig
colmedí la confuz
di m'atender o non
per que se non más que an sede

de viver in unimermal;
an sede que non eguist vi,
que lan pertí sê sample de le mór,
que animal se mi ni more.

Le codig sê la gloar de eguist vir.

II
De fix sê la ram de Cartogemena,
onei in trai prancess
de one pá
y cevá fiér ambicion.

Le Cartogemena de Fix
sê non más que
'tô cum dô di cabeza'

III
De la antigüitá de Portucale
y num tut putaria
lim oneis de crucis:
am tir de cris
sê findér
la vie am oxi prai lusitana
dadon colmedí
Don Sebastian e sus caualgadores
que dimedol nivér pon.
Puí to ás cabe

bebir le codig cataloc:
que le Cartogemena de Fix
sê non más que sede
dan gloar dun que eguist vi non pon;
que am cás de trai prancessas
d'huí son codigs
num uníc de repetir
ne me pite pas
i am one só de troá.

IV
Le Cartogemena de Fix
sê non más que la sede
de la plúmbea rosa máxima
que dinér ningún pré o ponde.
Y ton pon ton si
que se non más de ti,
non más que abrir
sy abrir am plúmbeo
se orr imbecilitat
di an pic am beispiel
di an nic zum beispiel
in mi a truvê
le frás que ilumina
nuestra down blu.

Le Cartogemena de Fix
sê non más que la sede
de Catalunha y vierde

on mi si us plau, on us favore;
non más que le blau
de nuestro boom.

Piu além dadon me voy

V
Quedo on mí,
quedo on fix de Catalunha,
on mi vierde,
non más que amar,
sê lá
piu além dadon me voy.
Abt piu
me voy y Ana
per la vierde sierra.

Us morada mínima est

VI
Le Cartogemena de Fix
sê la sede de niente,
di moment,
tut,
que non la he visto,
de ti
antir só solidão
de ser humano.

Sê trai em busca
de tic e de tac
fênix arizona
la més que non se porta com miss
andanderstud.
Sê le fix dus óio em suenho,
cat hund und tê.

Le Cartogemena de Fix
é microscópica lágrima
em olho de dinossauro.
Sê tout:
man und metcha,
tcheco eslovaquía vacaria hungria,
les arbon am fuego on me,
é trucidarta gata que ama
com ser-se só.

É nothing at all

VII
Le Cartogemena de Fix
sê la sedo hidratada

VIII
Y Ana non és más la misma.
Sinprente arrê non más
que de la conversación

necas de pitibiriba.
Quan sorrio soy yo
assim assim de tongue
des les codigs
que arrima:
nai marai tchê recovê

IX
Le Cartogemena de Fix
sê la sede di auroras.
É comer a couve que tu picaste,
putaqueupariu,
que é de ti,
que é de tar,
rapunzar teu cabelo loiro,
trançar.

Sê la sede de ojos cerrados.
É boa noite.

Dei pax mon er

X
Le Cartogemena de Fix
sê la sede d'antanho

XI

Recilai oman ici on moá
loin sans god sans love,
hace mucho yo nascí!
Lora non puedo yo
untransmare in pó estar.
Si pudera
trai pitangas in der himmel
insprimam am ti
tut que on mi son perdí:
an per lieberen,
andere per los caminos
y la fecha per ningún sangre falir.

XII

Y Le Cartogemena de Fix
plágio das eternas procuras
singra angustiada

OUTRO TEMPO

NOTÍCIAS DE OUTRO TEMPO

repito: abissais são as frestas das janelas
que guardam os recônditos dos papéis!
O VAZIO
porque o vazio não se admira nem se pede: se olha
de qualquer ângulo. é a depressão
do terreno eternamente plano. O VAZIO!
limpidez bem planejada de shopping center

I

o senhor reprodutor
arrendou fazenda e produziu milhares de toneladas de cana
e arrotou arrotou;
depois se enfastiou e mandou seus escravos
matarem saudades de suas áfricas. VÁ-Cas!
TUDO ORGANIZADO: TUDO BESTIAL: TUDO BEM NOS CONFORME:
tomamos então todo o álcool de todas as garrafas
e fumamos todos os cigarros que tinham ópio thc
e olhamos um para a cara do outro e estávamos quase mortos.
é de rir. finalmente estávamos de acordo com a realidade
ENQUANTO ISSO;
meu amor me espera que vou quando der, meu amor me espera
que eu dou quando vier o natal, meu amor, ..., ...,: O RÁDIO
o primeiro sucesso do ano UM DESPREZO bonitinho
numa música desagradável
Bicarbonato de Sódio

Em Brasília o presidente boquirroto
lava a boca com sabão...em Brasília a justiça federal
vive sua vida faustinha depois de ter saído das escolas
e encontrado o demônio trabalhando na construção civil
QUE A JUSTIÇA SEJA FEITA A DESPEITO DE QUALQUER REUMATISMO
E se eu tenho que pensar em rimas ou em ritmo
neste poema fundamental então é por que este poema não
é fundamental (macte nova virtute, puer: sic itur ad astra)

II

I like the night light baby! I like the night light baby!

III

EncontrarEIs o frêmito pasmo de teu acinte embasbacado
boquiaberto
holografia infinita de vossa morte
encarando os caminhos de vós espírito
e eu nunca mais reencontrarei meu erros de português ARCAICO
É A RAÇA HUMANA TER DESCIDO DAS ÁRVORES E ENTRADO NAS CASERNAS
[Como acordarom todollos fidallgos e os poboos, que alçassem o Meestre dAvis por rei]
SabeIs
os ares de Paris?
vertingolência de arquitetos hodiernos. eles se recusam
à baranguice atávica. eles são pelos projetos. COMO SABEM
Da OBSERVAÇÃO os plásticos artistas da revelação estática!
Nunca observarão Paris como o parisiense mais babaca...

como Ana Cristina César
DEEM AULAS! DEEM AULAS!
(só nós de acordo com a nossa espécie)

IV
só nós em coma de desaparecimento olhando retardados mentais
a cara do outro imóvel em santos barbitúricos;
era isso que você pensava durante a anestesia?
Depois tinha a tia, a família, os amigos visitando o hospital
e a dívida imensa que restaria junto com a claudicação
e as cicatrizes. Depois tudo passou e a gente nem lembra
mais como pagou (the coarser pleasures of my boyish days,
and their glad animal movements all gone by)
[gaudeamus igitur, juvenes dum sumus]
Eu juro que estou melhor, integrado, feliz...

V
lá nos cantos do meu passado senhor de peças mais de mil que fui os
bugres tantos que matei até por divertimento meu sobrado mui grande
e bem pintado as miças tantas que mandei rezar os bastardos cem das
negras que emprenhei meu nome no livro d'el Rey todo o ouro lá nos
cantos do meu passado nem interessa o potentado que encarnei...

'pastor, deus há de me perdoar não há?'
'claro, claro,
basta isso e basta aquilo e vai tranquilo, meu filho'
'eu prometo'

VI

No dia seguinte nem conseguimos levantar, os corpos destroçados
de tanto petardo. TUDO MENTIRA, TUDO PASSADO, TUDO PORÉM
mil latinhas de coca-cola
mil lembrancinhas
lacinhos de fita
mil denguinhos
lencinhos de seda
mil coisinhas miudinhas
piabinha
florzinha
amiguinha de veludo
a minha mão entrando cobra demarcando área de minha tribo
nas coxas os pelos a carne umedecendo minhas unhas
a carne vermelha rubra imaginada
os suspiros invaginados as pernas se abrindo
meu gen de homem generalizando
o gen dela gemendo
e nem tanto assim então a gente tinha se estragado
a manhã começando soberba esta mulher me engolindo todo.
eu   meu deus   foi pra isso que nasci:
pra viver no VAZIO nela

VII

De qualquer maneira e não obstante
NO PARALELO 44
as concorrências foram feitas e os vencedores
aprovaram todo o processo
afirmando que os tempos agora são outros

OS TEMPOS AGORA SÃO OUTROS
OS CIDADÃOS ESTÃO CÔNSCIOS DE SUAS CIDADES
ó que bacana então
o lixo já é reciclável
mas parece que o problema ambiental
é o próximo limite do capital
MARX, QUO FOSTES?
Um sujeito sapiente de reengenharias e qualidades totais não
disse isso numa palestra. Ele só disse: 'ten thousand royals
a minha consultoria enquanto o câmbio está assim maluco'.
OS CARROS: vieram dos lugares mais estapafúrdios: mandchuria;
Baku; Three Miles Island; Bridge over Trouble Water; Aix en
Provence; Frankenthal; Nagoya de Cima; Nagoya de Baixo; d'Além
Tejo; de tantos cantos vieram carros luzidios COMO o
vinho do porto degustado em Halifax como o sonho de uma
península ibérica única vagante oceânica
encerrando tantas possibilidades desde que não ancore
o destino de golpes fatais
tão ao gosto lusitano

VIII
QUANTA BOBAGEM; não havia mais como conversar.
ela inspirou bem profundo e, deitada sob o sol, disse,
'a gente exagerou ontem...'
'é, a gente ontem', eu disse sem pensar ou pensando que
vertitransit est e daí?
'mas a gente entendeu o que a gente pensou...'
quase nem era voz, parecia a própria respiração, ela,
'o que você quer, perguntei?'

'nada'
'nada?'
'IMAGINe ESSES DESFILES DE MODA, tão belos, tão pequenos', ela pediu
'não consigo'
'nem eu...Onde estamos?' ela quis saber
'Em um lugar longínquo e formoso'
'Então é isso?'
'É', eu disse

IX
'VAMOS EMBORA DESTE PAÍS?' ela sussurou
'VAMOS, VAMOS EMBORA DESTE PAÍS', concordei
'SEM RASGAR NADA?' ela pediu
'SEM RASGAR NADA, NEM O VAZIO NEM A PODRIDÃO',
'NEM A NOSSA NEM A DELES', ela mandou
'A GENTE VOLTA?' eu perguntei
'CLARO QUE A GENTE VOLTA'
'PRA QUê?'
'PRA GENTE NÃO MORRER NO ESTRANGEIRO'

CASIDA DE AUSTIN

na esquina com rua elizabeth pedestres surdos atravessam a rua eva
carregam a lua em cima dos ombros

vão para casa
conectarem-se às batalhas

uma moça sentada no passeio do nº 1304 os vê passar
para a lua ela explica: 'na minha espada ninguém encosta a alma!'

na esquina de eva com elizabeth
pedestres cegos seguem os surdos

carregam livros em grandes cestos e cantam encantamentos
de preparar poção

um senhor os observa de sua varanda
charuto na boca, ele comunga com o motivo da moça:

'levem suas poções literárias para longe de mim,
sou novo ainda para já não saber tanta coisa'

é noite na esquina da rua eva com elizabeth
três meninos sem cabeça seguem os surdos e os cegos

brincam de escolher o número perfeito
[já que todo mundo é livre   já que todo mundo é feliz]

um fala um e o outro fala outro
mas o terceiro diz que o número perfeito é o mais redondo

URUARÁ

apesar da distância padecer de profundidade
o alto falante da praça me sacode o ócio
enquanto pilhas de questionários eu miro beócio

ao fim e ao cabo vislumbro alguma possibilidade
nem tão longe assim foi Drummond de Itabira
para se livrar dessa avemaria que agora me pira

DA FUNÇÃO LOGARÍTMICA DO ESPAÇO

Ms. Wald piscou para o marido
pegou a tigela de milho
e foi para o terreiro alimentar as galinhas
Mr. Wald olhou através da janela
Um sol vermelho
fios fiapos novelos de nuvens
tecendo o céu

E um ônibus espacial passou
Log de lindo

A astronauta viu a Babilônia
o Egito ancião
os hititas
a faixa sagrada entre o Tigre e o Eufrates
um mar todo vermelho
outro todo morto
os claros do escuro
a pequenez da terra santa
a metade de um homem descendo um morro
sem quintal sem sol sem céu
uma metade de gente

O ônibus espacial passou
Log de mundo

ENTOMOLOGIA POÉTICA

alexandre – homem pródigo de conquistas –
tanto relativizou invasões
que morreu um cactus

o castiçal de baudelaire alumiou o lusco-fusco da aurora borealis
baudelaire era o tal surfista prateado

fábio máximo tanto relativizou aníbal
que foi aclamado en circus
e morto na própria ronda

das quasi-simbolism de rimbaud ist mute
rimbaud fructus

césar – um talento para avaliações –
tanto relativizou a família
que pariu um brutus

mallarmé tem o poder de andar com a arma destravada
mallarmé...depois veio quem?

WISLAWA SZYMBORSKA

fecho os olhos
vem sua intangível precisão seja o quadro ou a moldura
poema penso e a ela de novo volto
        caravana de velas pandas
        longo submarino sob o branco polar sedicioso

poema vai ema de pescoço tortuoso
e ela me oferece seu braço
para um breve passeio pelo parque
        ou um meio-sorriso mais um nosso retrato
                eu que escolho

imiscuo verde adendo no se-fazer
        que faço, faço
        não recuo
                mas esse arco-íris que ela transplanta
                só floresce onde cresce cata-vento multicor

SAINT ANDRES-DES-ARTS

I

o silêncio deve ser silencioso
a cabeça recostada no desenho
huüa mão a amaciar a nuvem desdenhada e seu trovão delicado
com brincadeira
e quimera
pois a palavra não é o tempo todo criação

pode ser a pintura do rio esgotado
a nova estação de tratamento
periquito em eucalipto incendiado
bate-estaca o piano do puteiro
o requinte da umidade
o ralo do raramente

II

pois
de letras ásperas é esse veludo tecido
e para revelar seu espectro em som
[para ver o som, não para ouvir a forma]
muito linfaticamente ele diluiu sua matéria:

III

o amor se foi. não que ele tenha se acabado. cresceu
arrumou um emprego casou-se

teve filhos   saiu de férias   separou-se
se recompôs

o amor se foi
          não que ele tenha partido
apenas amadureceu
caiu do galho abrigou insetos alimentou pássaros

o amor se foi muito lentamente
          o amor se foi tão lentamente
          que nunca partiu
          nunca existiu nunca foi hoje   uma fatalidade

o amor se foi sem nunca ter chegado
sem nunca ter ido
é só uma cama um ombro uma caverna
o silêncio de uma palavra revoando

lençol branco vendido em magazan de Paris Meca
Manga Aberdeen Aldebarã
o amor vestido alvo
semi-levantado

som-gema
expressão que bem podia ser de dor [e é]
mas é também
a outra face do vai-e-vem orto-umidificado

o amor assim
trans-passant

reflexo-carne
toda possibilidade

duas gotas de qualquer líquido
mar bravio
navio pio a perguntar a si
'para onde agora, capitão?'

DELENDA CARTHAGO

ai que frio que molhado
que mera sensação de vazio
ai que dia mais ensopado
prostituição ao invés de cio

ai estômago polar que frio
muitos dizendo o que tem matado
ai um atrás do outro e nem mais um pio
do pássaro santo do longínquo passado

ai Amílcar e Aníbal
três guerras púnicas depois o castigo e o estrago
bombas atômicas romanas a primeira em Cartago

ai pobre e covarde Asdrúbal
o fogo ardendo a cidade sob os petardos
antes mil ais perante a morte que o teu legado

PARA BEM DORMIR

Para dormir desrecordo o
Premente
Deixo marés às luas
Desinfeto
        Para dormir paralelo
        Tranco a casa e o amanhã seu in-rompimento
        Amoleço pasta sem conteúdo
        Sem compartimento

Eu
        Que transverso o maleável em pré-moldado
        Quintessência de veleidades
        Estes longos anos nos quais me encosto
Durmo rodeado de cerejeiras
Perfumes das areias de Almería

Eu
Que para dormir me drogo
Não olvido o sino dos biscateiros
Homens sérios em seus negócios
Apenas aplaino a profundidade desse abismo
Apenas aplaco a voracidade de uns remorsos

UMA HORA

Meia hora eu pensava em
caruncho alicate absorvente
uma oração coordenada aditiva
o trem que ela perdeu
o transporte que não me levou
o retorno sem comitiva
meio tablete de alegria
pelúcia espirro alergia

Na meia hora seguinte eu pensava que
basta olhar um túmulo
um céu cheio de tucano estridente
um bando deles cruzando o rio
ou duzentos e nove grous
engrouvinhados pontificando um fio
que o corpo é um fim para encaixes
que as palavras faíscam dos eus

E antes que a hora inteira soasse
eu tentava as coisinhas pequeninas
[fiapo de manga entredentes
bicicleta na orla do mar
picolé de cajá
dia que vai ser muito quente]
para que uma outra assim
nunca mais retornasse

REPRESA

A O
crosta leito
da terra do rio
é de carne eterno
e osso esboço
forragem no fund'a barragem
........................matéria incontida na profundidade do poço......................

ALCÁCER DO SAL

não me lembro bem qual era o objetivo
mas fui
como em qualquer outro dia

depois voltei
como todo mundo que ia
e no caminho de volta topei

com alguma coisa que já
não me lembro mais
não sei – como é que eu me lembraria?

depois   como de praxe   saí de novo
na volta deixei as compras ao lado da pia
fui ver televisão

onde tudo desaparecia
meu sobrenome
minha covardia

para onde eu me dirigia
o fato e o concreto
o motivo (que um eu sei que havia)

perplexo fui ao banheiro
e por alguma fisiologia

dei de frente com o grande espelho
mirei a mouraria
quanto tempo observei absorto
algo que nunca via...

chamaram
meu nome ecoou osso branco no descampado
aleluia

EZRA POUND PRESO EM VENEZA

quando a sobriedade tomou posse
do ambiente nublado
o medo veio
        o medo mais banal

        o medo mais cristalino
        o medo mais profundo
        o medo mais humano
o medo mais real

depois o sol se pôs novamente
    e mais tarde acordou outra vez
            hélio puro
                    em seu multibilionésimo-segundo dia

                    o passado espanou a poeira sobre a manhã
            espanou um pouco do medo no id do avô de clarabela
    e trouxe solícito
o poema que assevera que les paradise ce n'est pas une illusion

DECLINAÇÕES

REPATRIAMENTO

o incondicional não veio
tal qual em amílcar o gesto gráfico
        não veio
        apesar da modernitude de nuestra linguagem

o transcondicional também não veio
                não veio
                apesar de tanta contemporaneidade
a velha miséria filha feia da rapinagem

noves fora a ginga e o passe
elevados edifícios de limitada classe
urubus
cerimônias de posse

ÁGUA

lava bucho
pule seixo
evapora-sê
abastece nuvem
água as obras do inverso

tigela de gelo
bebedouro de grilo
remela da manhã

ORVALHO

FLAMBOIÃS

o que me devora metralha

são os flamboyants

vermelhos laranjas pálidos

semiplégicos com o vento elétricos

eles só e o vento

erráticos

passeantes

MARMORARIA

a gente queria uma caneta gostosa. a gente queria escrever deslizando a pena cheia o tanque a cor o mármore a marmoraria. a gente queria chorar só uma lágrima. uma tristeza breve. a gente queria derreter papel na porta em que o nome dizia o lugar na hierarquia. a gente queria já a idade das recalcitrações cicatrizadas acarinhar com luva de pelica e arnica a objetividade e a frieza das instituições. a gente queria o que a gente fez à luz daquele dia. a gente lapida o que a gente perde ou então a gente esquece aquele dia. as meninas e os meninos parisienses serão sempre daquele jeito. assim como a cidade que lhes adjetiva. a gente não. a gente fica velho. cigarro fibrosa o peito. a pele encarquilha a cara. os prédios crescem. a gente feito disso nunca é nada disso. a gente tem que reentender a própria língua e ir lá de novo remoçado aprendiz. a gente cumprimenta todo mundo dá abraços diz adeus estamos logo ali. a gente diz que não doeu ou que doeu mas era esta a única opção. a gente percebe depois que opção única é mesmo opção nenhuma. mas o que a gente queria era a pena da leveza. então a gente abre à mão a cela da ambição. a gente quer mar. o que a gente não tem. o que a gente não tem a gente caminho e lá no fim dele e na frente daquele quem sabe um dia a gente veria que a leveza mora na casa da solidão e a solidão vive no peito do que a gente sempre seria. a gente toma ciência. no mar a gente moraria.

PÁGINA EM BRANCO

são tristes os fins
e os meios são meio

o início é lindo

no início não há nada
página em branco vinda alva da eternidade

depois começam os rabiscos os desenhos multicolores
e depois desses depois
sustos:
há pouco espaço para os meios da página
                                                            [há margens]
e o que há fragmentado está

tão linda era a tua tal página em branco

mas agora há nela
atos contra atos
                    [sons]
relatos
expectativas
fatos
mal entendidos
contratos
          [os de jure e os de facto]

metas agendas
            [contra elas os calendários]
relatórios insensatos

há agora fins sem meios   meios sem fim   fins ao meio
e retratos

DETROIT

o tempo é uma pista
                    uma faixa
                    uma listra
                    uma linha
o tempo é um risco

iguana grávida engarrafada
impregnada de má sinalização
momento-curva
impossibilidade de correção
tempo-tempo

ESCRAVO FORRO

muita coisa que é preciso dizer
escrevo

muita coisa de ficar calada
também

muita coisa que tenho que sentir
escrevo

muito desejo
também

muita lágrima é tinta
que nem pensa

à solidão escreve
à comunhão também

viagem que tenho que fazer e não deixam
escrevo

escrevo ao que passa
e ao que não vai nem vem

escravo do escrevo
nele liberto e livro

ADORO

adoro palavras ventanas com venezianas
adoro as cigarras fumando silêncio
esse zumbido etéreo das mielinas

o fim do mundo
adoro
pena que seja tão pegajoso

mas adoro apreciar o fim do mundo
como um filme
pipoca

Arequipa
deveria ter ido quando pude
que bom que não fui a Arequipa

vagalumes vagando lumes
adoro olhos faiscantes
ai...

tem muito tempo que não olhos faiscantes
tem muito tempo que faísco só
meu território grilado

grilo galinha come
insetos corações
adoro

DA FUNÇÃO PSIQUIÁTRICA DA NOITE

Por que eu fico à noite
eu fico a noite
a noite fica eu
nós dois sozinhos
cobertor e breu

O que à noite é nada
um tempo
parada
o que a noite não pede nem dá
um suspiro
um ai
uma macarronada
na manhã se desfaz
entupindo de coisas os oásis

até a poesia se suja nas tintas
que as pessoas vestem

Por que a noite vai
ela joga eu
no colo da manhã

De dia a noite vira eu
bípede teso refluxivo
meditabundo
vomitativo

TATUAGENS

é essa ideia de que as ondas e as hordas
que os cheiros os feitos e os afetos
vieram lá de trás
ao longo
em lombo de navio
que faz um sujeito olhar a roupa por lavar
e se perder Ibrahim em seu trompete
não relembrando nada
apenas mirando o que ele sempre veste
tudo que foi e deixou de ser
o que não lhe compete
sua infância rural emigrando urbana
demograficamente nunca mais se repete
curiosidades contadas por um velho
tudo que você podia ser era confete
que se coma presente em sabor e sensação
com as substanciações ninguém se mete
que o sem fim é uma âncora na sibéria
um beijo seco em trieste
um prato de feijão em tijuana
um cafarnaum em punta del este
um lavar a roupa suja de quase nada
não fosse o trompete
que faz esta poesia a única saída
se passada a limpo der em algo que preste
sem os subterfúgios da alma perplexa

ou de uma estrela no céu do agreste
que tudo que se tem é carne viva
é nela que tudo acontece

SONETO DA CIDADANIA

Eu devo a mim mesmo um poema remanso
Que saia vista a minha cabeça
Um poema esconso
Vítima herói e grande lambança

Não devo nada a mim mesmo
Uma cidade-Sidney que desapareça
Cachaça e seu antídoto torresmo
Um souvenir que apague a lembrança

Ninguém deve nada a ninguém
Vida imagem tranquilidade
A paz não mora em outrem

Toneladas de irrealidades
Milhares de estações de trem
Tu és cidadão de qual cidade?

NEGRO DA TERRA

nasci assim mesmo
nem de pai nem de mãe
tupinambá guaianá guarani
preado preso livre
confuso
assim mesmo
nem de amor nem de afeto
mercantil
obrigado
cafuzo
um fato
uma peça
ninguém me teve tive ninguém
um absurdo
mas nasci assim mesmo
açucarado obscuro
vintém de padrinho abastado
a coisa entre a oferta e a procura
a carne do mercado

NENHUMA POESIA

não escrevo nada não
não símbolos nas simbologias
não iconoplastia nas transferências literárias
nem a celebração da dúvida

o fazer não são experimentações do ofício
é inexperiência ao acaso
palavra insana que entorta e lima
afina a lisa aliteração

        nenhuma poesia é fonte
        nenhuma poesia é útil
        nenhuma poesia é ponte

                toda poesia é pênsil

Autor: André Junqueira Caetano
Revisão: Valter Braga
Projeto gráfico e diagramação: Glaura Santos

Editores:
Alencar Perdigão
Cláudia Masini
Luciana Tanure
Thásia de Medeiros

Quixote+Do Editoras Associadas
editora@quixote-do.com.br
www.quixote-do.com.br
(31) 3227-3077

Catalogação na Publicação (CIP)

Caetano, André Junqueira
C128 Le cartogemena de fix / André Junqueira Caetano. - Belo Horizonte: Quixote+Do Editoras Associadas, 2018.
80 p.

ISBN 978-85-66256-33-8

1. Poesia brasileira. I. Título.

CDD: B869.15

Bibliotecária responsável: Fernanda Gomes de Souza CRB-6/2472